AF227381

DU MONOPOLE

ET

DE LA CONCURRENCE

DES THÉATRES,

Par H. Auger.

L'instruction publique est dans tous les
lieux où la nation se rassemble.

BILLAUD-VARENNES.

(Pour paraître incessamment)

LA PHYSIOLOGIE DU THÉATRE;

PAR LE MÊME.

Paris,

OCTOBRE 1832.

DU MONOPOLE

ET

DE LA CONCURRENCE

DES THÉATRES.

Le *panem et circences* des Romains est aujour-d'hui notre devise par une raison qu'on ne saurait trop clairement expliquer : les facultés humaines ont besoin d'être exercées; elles ont des appétits qu'il faut satisfaire. L'intelligence et un centre d'où tout procède et où tout retourne : ainsi nos sens perçoivent pour la nourrir, et c'est elle ensuite qui leur donne la substance nécessaire à leur alimentation; les progrès de l'esprit humain amènent des changemens dans la préparation et dans la répartition de cette nourriture; mais rien ne change un organisme pour qui l'alimentation est une chose indispensable : la vue a faim du jour et de la variété des objets; l'ouïe demande des sons; au physique, c'est la force; au moral, c'est le raisonnement; de l'union de tous deux, c'est la vie sociale.

C'est donc à tort qu'on a dit des beaux-arts qu'ils étaient seulement des distractions agréables ou des professions lucratives. Une telle croyance généralement adoptée tendrait incessamment au matérialisme le plus absolu; et c'est au contraire parce que les beaux-arts sont les expressions de nos désirs les plus vifs, de nos sentimens les plus impérieux, en un mot de notre spontanéité, que le *panem et circences* est le cri naturel des peuples à certaines époques de leur existence : effet logique de leurs organes, et quelquefois instinct secret de l'influence qu'ils doivent exercer sur l'humanité, comme à Rome et en France, tout sera en eux et par eux physique ou moral selon la fonction qu'ils doivent accomplir. Ainsi à Rome les jeux du cirque ne peignaient et n'inspiraient que la force brutale; et en France les jeux de la scène, nés des facultés intellectuelles, ne devraient tendre qu'à les développer.

Des qualités prédominantes de chaque nation résulte ce rôle de chef qu'elles remplissent tour à tour et d'après un ordre de progression; aussi guidés dans l'histoire du passé par le caractère des peuples, nous pouvons aisément voir aujourd'hui comment l'humanité a marché alternativement sous la conduite de l'Egypte, de la Grèce ou de Rome païenne et chrétienne, selon que les directeurs étaient sous l'empire des beaux-arts, spontanés ou excités, c'est-à-dire selon qu'ils procédaient d'après une idée synthétique ou analytique.

La France, résumant en elle toutes les conceptions ou manières d'être de l'esprit humain, s'est mise à la tête des peuples modernes en constituant d'abord le pouvoir unitaire des papes, et en réalisant par la révolution française les promesses du christianisme; se montrant également artiste dévoué, soit qu'elle allât des causes aux effets, soit qu'elle allât des effets aux causes.

Ce préambule nous était nécessaire pour établir notre opinion sur le théâtre, et pour combattre celle qui le fait regarder, en tant que spécialité des beaux-arts, comme une pure distraction, un jeu qu'on peut permettre ou défendre. Nous devons donc poser en principe qu'il faut à un peuple, homme collectif, l'exercice et la satisfaction des facultés dont il est doué. Or, avec celles qui prédominent dans notre caractère national, nous avons dû élever un temple, puis un théâtre; il nous fallait des beaux-arts pour alimenter nos facultés, pour nous pousser dans telle ou telle direction avec le but de fonder ou de détruire, mais toujours par dévouement, par l'effet du sentiment à son summum; car la mission de chef ne s'accomplit qu'à cette condition.

Tout est trop logiquement calculé et déduit dans l'organisme humain, et notre vie est trop courte pour que les choses appelées improprement des jeux ou des distractions, soient, ainsi qu'on le croit généralement, un temps perdu. Dans l'enfance les exercices gymnastiques secondent le développement physique; dans l'âge mûr, tout ce qu'on regarde comme amusement doit contribuer au développement intellectuel. Il n'y a pas de jeux dans l'acception vulgaire du mot, du moins pour les hommes qui exercent sur les autres une influence morale, de même qu'il n'y a pas de temps d'arrêt dans notre vie végétative.

En France, par une marche logique, par une corrélation naturelle, le théâtre succède au temple comme fonction sociale ; et le drame sort à son tour du théâtre quand le peuple, n'y étant plus attiré par rien d'utile et de général, se fait acteur sur la place publique dans de sanglantes mêlées. Après ce dernier période de l'idée qui meut les masses, si la foule se presse encore parfois dans un théâtre, enceinte muette comme enseignement public, c'est purement par un effet de l'habitude. Mais alors il y a état anormal : ce qui ne tourne pas à l'avantage des citoyens est incessamment prêt à leur nuire.

Entre les ruines du temple et celles du théâtre, il n'y a de place dans une société que pour l'individualisme. Mais cette manière d'être n'est qu'une transition passagère ; un peuple que ses facultés portent au dévouement, qui sent sa fonction de chef, ne saurait long-temps vivre dans cette anomalie étrange où tout est monopole et concurrence. Nous bornerons ici notre examen à ce qui concerne le théâtre.

Et d'abord rappelons-nous ce qu'était le temple à l'époque du moyen âge.

La France après avoir fondé l'unité catholique de Rome, la France avec son roi fils aîné de l'église, avec ses bannerets soumis à la parole du pontife, constituait lentement mais progressivement cette homogénéité de sentimens et de volonté qui, par la pensée de Charlemagne, l'avait rendue reine dès ses premiers pas. Dieu était le grand artiste; sous son souffle inspirateur les beaux-arts se manifestaient par des formes entièrement neuves; tout était spontané, et la cathédrale gothique la plus imposante, la plus hardie, la plus riche en détails de toutes les créations de l'homme venait résumer à ses regards l'histoire des temps passés, de même qu'elle présentait à l'instinct et à l'encouragement des masses la réalisation complète et politique de la pensée chrétienne. Ce monument était à la fois l'expression de toutes les époques antérieures de l'humanité, de son présent et de son avenir. Là tous les membres de la grande famille entraient indistinctement, moralement libres; tous apportaient en y entrant cette idée sociale de l'accomplissement d'un devoir, et le serf agenouillé sur la pierre où gît *le très-haut et très-puissant seigneur,* avait une foi sincère en l'éternité qui lui était promise comme consolation et récompense de ses maux sur cette terre. Là tout était Dieu, tout était beaux-arts, tout était lié dans une même parole, dans une même croyance : les chants, les parfums, la pompe des vêtemens, la richesse des couleurs, la variété des formes, la sculpture, la peinture, les cérémonies du culte n'exprimaient qu'une seule idée, et la cathédrale en était le manteau. Alors pas de monopole, pas de concurrence; il n'y avait qu'un but; le clerc, homme de sentiment et de savoir, y conduisait son troupeau, et du haut de la chaire, prêtre dévoué, confesseur, apôtre, exemple, témoignage, il appelait les masses à mériter dans cette vie un meilleur être, par le dévouement et la science, afin d'arriver à l'éternité des élus.

Cet appel au dévouement et à la science fut entendu, d'abord par un seul, puis progressivement de quelques-uns à un grand nombre; et, par un effet providentiel, les efforts du clerc n'égalant pas ceux du laïque, celui-ci dépassa en zèle, en ardeur, et conséquemment en sentiment et en savoir le directeur, désormais sans avenir; de telle sorte que la société ne tarda pas à se trouver placée entre le savant nouveau qui conquérait le droit de faire entendre sa voix, et celui qui, s'étant laissé vaincre, avec un sacerdoce à exercer, ne pouvait plus lui imprimer de respect ni de puissance.

Ce fut là l'origine du théâtre.

Pour retenir les masses sous la juridiction ecclésiastique, les beaux-arts chrétiens sortirent du temple et revêtirent une forme nouvelle : le prêtre, cessant d'être inspiré, consulta l'époque antérieure; il y eut imitation, l'idée ne fournissant plus de manifestations purement originales, et dès lors tout ce qui se fit devint une critique naturelle de tout ce qui était. Dieu passa sur des tréteaux : avant d'entrer ou en sortant de l'église, on assistait à la représentation des mystères, soit que le sujet fût la passion du Sauveur, ou quelques autres sujets sacrés; un bel-esprit composait les drames, et des écoliers les jouaient pour édifier la foule, apportant toujours à ces spectacles cette foi qui liait tout en faisceau. Mais il advint bientôt que pour ces représentations mêmes, le clergé sans dévouement ne conservant pas sa supériorité, il s'établit une lutte qui donna naissance à l'art théâtral. Dans les voies de l'émancipation, le progrès profite de toutes les circonstances; le mal est l'élément du bien, c'est la seule fatalité qu'il faille reconnaître.

Vis-à-vis de l'église, dans le carrefour, des joueurs de mystères ne tardèrent donc pas à disputer aux clercs jusqu'à l'avantage de grouper autour d'eux la foule des curieux, et pour y parvenir plus sûrement, ne s'en tenant plus aux scènes de la bible, ils représentèrent des sujets que la licence et la raillerie rendaient d'autant plus attrayans pour les auditeurs qu'ils recelaient en eux tous les germes de l'avenir : la foule est toujours douée d'un instinct admirable pour sentir ce qu'elle ne voit pas encore, ce qu'elle n'entendra peut-être pas elle-même, mais ce qui doit infailliblement arriver un jour. Du moment que le grand nombre des auditeurs se porta de préférence aux spectacles du carrefour, les autres baladins qui ne trouvaient plus d'intérêt à la conservation du théâtre qu'ils avaient fondé, comprirent la nécessité de le proscrire; l'égoïsme devenant ainsi l'ame de leurs actions, il y avait abdication évidente du sacerdoce : le clergé revendiqua le monopole et damna les comédiens. Mais il en fut de la proscription des théâtres comme de toutes celles qui ont pour but d'arrêter la marche intellectuelle de l'esprit humain, elle ne servit qu'à donner plus de goût pour la chose défendue.

Ainsi le théâtre arriva, de progrès en progrès, de la représentation des mystères à celle du Tartufe, et de Molière à Beaumarchais, qui devait résumer, dans son Mariage de Figaro, tous les efforts tentés par ce moyen de propagation et d'enseignement, et indiquer au peuple non-seulement ce qui l'empêchait d'avancer, mais encore tout ce qu'il devait renverser dans sa colère.

Si nous réfléchissons maintenant que le théâtre a succédé à l'église, les comédiens remplaçant les prêtres dans cette œuvre de propagation d'idées et d'éducation publique, dans cette fonction importante de moraliser les masses et de les conduire dans la voie de renversement qu'il fallait nécessairement suivre pour arriver où nous sommes, nous voyons qu'il est venu effectuer les promesses faites du haut de la chaire quand des hommes dévoués y faisaient retentir leur voix puissante ; et nous comprendrons aussi par son importance passée celle qu'il n'est pas impossible de lui rendre de nos jours, mais en marchant vers un but opposé. Car l'humanite, ayant la science de son passé et la conscience de son avenir, peut aujourd'hui procéder simultanément par voie de synthèse et d'analyse, et réaliser immédiatement par tous les moyens possibles les bienfaits qui lui sont réservés, soit que ces moyens soient anciens ou nouveaux, artistiques ou industriels.

Nous voyons donc que l'émancipation annoncée par la vie du Christ et scellée par sa mort, après avoir été, durant quinze siècles, préparée par les artistes et par les savans du cloître, s'est accomplie en partie par le théâtre, moyen de réaction et de critique. En effet, à certaines époques, tous les moyens mènent au même but, quelque opposé qu'en soit le point de départ : Machiavel et Luther sont contemporains, ils détruisent la vieille unité catholique, et dépouillent le pontificat électif, devenu en quelque sorte l'héritage des riches familles patriciennes, de cette toute-puissance de dévouement qui avait élevé si haut la première partie de notre ère, pour arriver à en commencer la seconde; ils arrachent à l'autorité papale, l'un, la direction politique des peuples, comme ce chef des guerriers qui enleva à l'Égypte ce noyau qui fut la Grèce ; l'autre, la direction morale, comme ce prêtre qui vint protester en Judée, à la tête des esclaves, contre le temple de Memphis, dont l'entrée était refusée à des hommes qui réclamaient un Dieu, un mariage et un tombeau. Et, dans leur aveuglement, les *deux moitiés de Dieu*, représentans les pouvoirs spirituel et temporel, Léon X et François Ier, du haut de ces institutions qui avaient cessé d'être des abris pour les faibles, aussi bien qu'ils n'étaient pas eux-mêmes des directeurs dévoués dans la voie de l'émancipation, protégeaient les beaux-arts qui devaient renverser l'autel et le trône. Alors on en appela ouvertement à des époques du passé, comme nous l'avons déjà dit, afin de se retremper pour l'avenir ; l'unité cessa d'exister, le lien social se rompit, et plus tard le génie républicain de Corneille vint faire revivre le souvenir de Rome pour aboutir au despotisme impérial de Louis XIV et préluder au drame sanglant de la révolution française.

Effectivement, depuis l'apparition de Descartes, l'esprit humain ayant formulé une science nouvelle et marqué un but, la mission du théâtre fut de renverser tout ce qui devait gêner la rénovation sociale; car, avec la logique éternelle des faits, en suivant la marche intellectuelle et séculaire, l'humanité arrive toujours quoi qu'on fasse pour la retenir. Les moyens varient, et le nom change sur les bannières; mais qu'importe le nom ! Voltaire, inférieur, sous le rapport de la forme, à ses devanciers, Corneille et Racine, est plus animé qu'eux de la pensée de son temps; la sympathie l'inspire, le théâtre devient à sa voix une véritable chaire victorieuse de la chaire rivale; et en présence des effets produits par la scène, la proscription dont elle est l'objet est vengée par le ridicule.

Le théâtre du dix-huitième siècle, en mûrissant les esprits, en dispersant les lumières, en frondant les abus et en prêchant les maximes chrétiennes que le clergé cherchait à cacher sous le boisseau, a redonné aux beaux-arts leur droit d'aînesse, leur fonction d'éducateurs. Le théâtre a signalé sa puissance, en tant que moyen de direction morale de la société. Il ne le cédait en rien, sous ce point de vue, à l'influence qu'exerçait le temple dans des siècles antérieurs. C'était aussi le vêtement d'une idée; c'était aussi là que venait se résumer l'histoire du passé, et que l'humanité comparaissait, non pas grande, imposante par une idée générale, ou par des nations, mais par des individualités et des faits de détails. Là aussi tout était beaux-arts, tout était également lié dans une même pensée. Mais si les puissans et les riches seuls pouvaient se procurer cette éducation permanente que, dans leur aveuglement, ils regardaient comme des plaisirs; les masses jouissaient aussi dans quelques occasions solennelles, par la libéralité de leurs oppresseurs, de ces spectacles qui développaient en elles des facultés comprimées, qui venaient leur apprendre à secouer le joug, à se délivrer des imposteurs et des tyrans. La pompe de tout ce qui frappait les regards leur faisait sentir encore plus vivement les misères, et c'est ainsi qu'elles s'accoutumaient à ne plus être éblouies du faste des rois, parce qu'en appréciant la valeur des actions, elles étaient à même de comprendre pour combien elles sont comptées, elles, dans la pensée des hommes qui se prétendent leurs chefs. Et, qu'on nous permette de le dire, les regards tournés vers les événemens de la fin du dernier siècle, le peuple venait au théâtre faire un apprentissage du terrible métier, du rôle sanglant qu'il se disposait à jouer à son tour. La tragédie fut la prédication du dix-huitième siècle. Le peuple, devenu roi, imita les rois contre eux et contre lui-même.

A cette époque, il n'existait pas de monopole ni de concurrence, bien qu'il n'y eût qu'un théâtre pour chaque genre, bien qu'un grand nombre d'auteurs rivalisât d'efforts, parce qu'alors il y avait unité de but et d'action, plus encore pour la pensée que pour la forme. L'émulation produisait le perfectionnement, il n'y avait aucune spéculation individuelle évidente; le théâtre avait remplacé le temple, c'était presque un devoir de s'y rendre, comme la mission d'y faire entendre des drames devenait un sacerdoce ; et jusque dans les bouffonneries de la foire, la grande pensée philosophique prouvait qu'il y avait enseignement : en tout et partout c'était le mot terrible de Voltaire : *écrasez l'infâme !* Mais quand le jour du triomphe fut arrivé, le sentiment religieux, et par ce mot nous entendons le dévouement qui pousse aux progrès et à l'amélioration morale et physique des masses, le sentiment religieux quitta les formes qu'il avait revêtues selon les besoins du temps, pour descendre sur la place publique, sous des haillons populaires, pour dramatiser avec la foule désordonnée, pour s'exhaler en blasphêmes, pour tonner à la tribune par la voix des hommes inspirés, véritables artistes qui s'élevaient au-dessus du sang pour conserver à la France sa nouvelle catholicité. Après ce déluge social, un comédien sortit de l'arche : Talma fut, pour le théâtre, l'homme de transition entre le passé et l'avenir.

Quand une fois le drame est descendu dans la rue, le théâtre n'a plus rien à faire dans l'ancienne voie ; il n'a plus d'influence à exercer, et, pour pouvoir la ressaisir, il faut qu'il change de but. Mais après les saturnales du directoire, après les jours de repos moral du consulat, l'empire vint tout arrêter avec le sabre. La pensée de Napoléon se manifesta par ses actes : de même que l'instruction publique eut une organisation avec son vieux nom réhabilité d'université, l'éducation nationale eut des bornes : le nombre des théâtres fut restreint ; la censure défigura les pièces, et, par décret impérial, les spectacles durent être ce qu'ils n'avaient pas encore été en France, dans la vieille France progressive, de simples amusemens, moins coûteux et plus innocens que d'autres jeux, car la passion du théâtre ne pouvait naître qu'autant qu'il aurait un but d'avenir. Ce qui décèle l'utilité des arts, c'est l'exaltation qu'ils produisent et la carrière qu'ils ouvrent. Sous l'empire, les artistes, devenus flatteurs, ne pouvaient plus être prophètes. Sur le théâtre, la puissance du talent de Talma sembla suffire à cette époque de stagnation intellectuelle et de fatigues corporelles : entre deux campagnes, que fallait-il à cette nation naguère si turbulente, si affamée d'émotions ? Une cérémonie à Notre-Dame, deux représentations à la Comédie-Française, une chanson de Désaugiers, et le ballet de Nina. Aussi quand la France eut à défendre son territoire envahi, l'intelligence long-temps endormie n'inspirant pas le courage qui supplée à la force, la pensée ne faisant plus battre le cœur, et le cœur ne poussant plus le sang aux bras, la restauration dut advenir : elle advint.

Sous la restauration, la liberté, cessant d'être maîtrisée par un génie victorieux, reprit son vol, et, riante, fière, plana sur la France, ranimant tout au souffle de ses ailes, relevant le peuple abattu, consolant des malheurs, promettant un avenir ; car sous les mots pompeux de charte et de droits, la chaîne n'était pas tellement voilée qu'on ne la vît ; le fardeau déguisé n'en semblait pas plus léger. Mais ce lien destiné à l'esclavage devait produire un effet tout contraire. La restauration, comme le cordon qui réunit en faisceau les lances isolées, serait à redonner l'unité au but commun ; et la France, retrouvant sa puissance intellectuelle, reprit sur le monde cette influence que les chances de la guerre l'avaient exposée à perdre un moment. Cet empire de la pensée, exercé à l'ombre de la paix, se fondait quoi qu'on fît pour le détruire ; il opposait une force d'inertie, et comme un volcan, assis et tranquille, il lançait des flammes : pour la pensée, il n'y a ni douanes ni frontières, cette lave coule encore bien loin au-delà des vaines lignes de démarcation.

Le progrès étant toujours une succession constante d'organisations et de destructions, l'esprit humain, après avoir progressé sous l'influence de l'église catholique constituée par la France et sous celle du théâtre, tel que le dix-septième et le dix-huitième siècles l'avaient conçu en France, dut, au moment de la restauration, prendre une forme nouvelle. La lutte intellectuelle que les champions du passé et les préparateurs de l'avenir se livraient, vint établir une arène où le journalisme s'éleva puissance vis-à-vis des hommes qui voulaient lentement et dans l'ombre anéantir la liberté pour arriver à reconstruire le passé ; et de même que le théâtre était grandi, rival du temple, pour lui disputer une fonction qu'il ne pouvait plus remplir, le journalisme enleva au théâtre, et pour la même raison, une direction morale dont la scène n'était plus digne. Le théâtre resta donc comme un instrument et non plus comme une pensée; il resta, ainsi que l'université, comme moyen, comme mécanisme, pour produire le bien et le mal, pour démoraliser ou moraliser, selon le caprice de ceux qui le font mouvoir; et si nous y attachons encore une grande importance, c'est que, de tous les moyens d'impressionner les masses, nous le regardons comme c'est le plus propre à la propagation des doctrines d'avenir et d'amélioration intellectuelle et physique. Il ne s'agit que de vouloir et de pouvoir s'en servir dans un but social...

Durant les quinze années de la restauration, le théâtre n'eut de liberté que dans une seule voie; aussi sut-on l'élargir, la paver, la border d'ombrages et de fleurs. Cette voie, ouverte par la pensée du pouvoir, devait aboutir à la perte de l'art dramatique, comme la restauration elle-même devait finir de ses propres mains. L'égoïsme est presque toujours la cause du suicide. La restauration, égoïste par excellence, exerçait, pour arriver à ses fins, la plus funeste des influences (nous en subissons encore aujourd'hui les résultats); elle devait, occupant chacun de ses propres intérêts, arriver à détruire l'esprit du but commun et le patriotisme que le journalisme seul s'efforçait d'entretenir, et qui se réveillèrent si puissans en juillet 1830. Le gouvernement de Louis XVIII et de Charles X, dans son hypocrisie nécessaire, dut laisser au théâtre une apparence de liberté. La censure, établie pour protéger la contre-révolution, devait respecter tout ce qui tendait à pervertir la vie privée, tout ce qui, démoralisant les individus, venait calmer cette crainte d'unité d'opinion et d'intérêts; et, pourvu que les auteurs dramatiques ne fissent aucune allusion à la pensée du pouvoir, ils étaient libres de nous offrir les sujets les plus monstrueux, les tableaux les plus choquans : la dissolution des mœurs est toujours un gage certain de servitude. Nos célébrités de théâtres, directeurs et auteurs, se doutant ou ne se doutant pas, peu importe, qu'ils secondaient l'action gouvernementale, qu'ils étaient les agens secrets, les rouages d'une machine à rétrogradation, regardaient comme le meilleur des gouvernemens possible celui qui les enrichissait ou leur permettait de s'enrichir. Pour eux, c'est là le point capital; aussi parmi les entrepreneurs de spectacles, y compris leurs hommes de lettres, il n'en est peut-être pas deux qui ne regrettent cet heureux temps de l'aristocratie vaincue.

Pour procéder à son œuvre de corruption, pour établir son système d'amortissement intellectuel, la restauration fonda le monopole des théâtres, afin de se procurer des créatures; elle maintint ou accorda des priviléges. Le privilége des entrepreneurs de spectacles enfanta le monopole des auteurs; et, à l'exception de quelques ordonnances de police, sur l'exécution desquelles le pouvoir ferma ou ouvrit les yeux, pour conserver son autorité, pour exercer son influence, et menacer en cas de besoin, il ne se réserva aucune direction morale, la moralité des directeurs lui paraissant suffisante : tout alla selon ses désirs.

Nous avons besoin de bien expliquer notre pensée sur ce que nous appelons le monopole des théâtres et celui des auteurs.

Le théâtre est un sacerdoce ou une industrie. Dans l'une ou l'autre de ces deux manières de l'envisager, avec la liberté des cultes et la liberté du commerce, tout Français devenait libre d'ouvrir un théâtre, et d'y prêcher ou d'y débiter des règles de conduite ou des flonflons. La question d'assimilation ayant été résolue généralement en faveur de l'industrie, l'idée du sacerdoce dut entièrement disparaître; la direction d'un théâtre devenue une entreprise purement commerciale, la partie morale fut secondaire et subordonnée à des considérations de lucre et de calculs. Le nombre des entrepreneurs de théâtre, comme celui des boulangers et des bouchers, est limité; le débit de ces objets de consommation, pain, viande et drames, est une exception au droit commun, soumis à une législation particulière, avec cette particularité nouvelle que la sollicitude de la police veille à la santé physique des citoyens, sans s'inquiéter le moins du monde de la santé morale : le pain et la viande doivent être de bonne qualité; quant aux drames, le poison peut s'y trouver. La nourriture intellectuelle du peuple ne touche le pouvoir que lorsqu'un mot peut compromettre sa politique. Ainsi, entre l'égoïsme de l'entrepreneur de théâtre et la coupable indifférence du gouvernement, la nullité sociale des auteurs trouva naturellement sa place et fit son nid.

Du moment que le droit de faire représenter des drames ne put être exercé par tous les citoyens, l'ouverture d'un théâtre fut un privilége, c'est-à-dire un monopole; l'obtenir devint une chose de préférence purement arbitraire et de bon plaisir. Mais quel droit tel individu avait-il à l'emporter sur tel autre? À cette question nous ne voyons de réponse que le grave *parce que* de l'autorité : mais en accordant un privilége dont elle est avare, a-t-elle au moins exigé des garanties morales; a-t-elle imposé des conditions profitables au public; s'est-elle enquis des intentions de son protégé? tout prouve le contraire. Un directeur de théâtre est toujours un homme neutre, un eunuque moral, qui, au point de vue intellectuel, ne fait rien et nuit à qui veut faire : ne prenant pas le parti des citoyens contre le pouvoir, la reconnaissance et la crainte des ordonnances de police lui en faisant la loi, il ne prend pas plus le parti du pouvoir contre les citoyens, car remplir la salle est une nécessité encore plus impérieuse. Il lui devient donc important d'avoir ses faiseurs à gages, ses hommes à lui, ayant sa pensée, la mesure de ce qu'ils peuvent dire, et la grandeur du cercle dans lequel ils doivent tourner. De là l'exploitation des théâtres de Paris par une compagnie de douze grands hommes au plus, se pillant les uns les autres, ligués pour s'entrenuire, marchant par couples et sur les pas de quiconque a trouvé une nouvelle variante à l'éternel refrain, tourmenté dans tous les sens, avec tout le savoir faire du maître de philosophie de M. Jourdain. De là l'exclusion des hommes nouveaux, dans la crainte qu'ils n'imposassent une idée nouvelle, ce qui obligerait peut-être à de nouvelles études, et certes à varier le vocabulaire, les phrases toutes faites et les rimes préparées; de là, l'usage du collaborateur obligé, du parrain, si, par hasard, on consent de temps à autre à introduire un nouvel adepte, obligation dont le but est de faire disparaître tout ce que l'arrivant pourrait avoir d'original, de neuf, de social, et de le forcer, quelque infime que fût du reste sa capacité, à descendre au niveau général. Dans la république des lettres tous doivent être égaux, et si quelqu'un d'entreux s'avise, par une vélléité capricieuse, de jouer un beau jour le rôle de Tarquin, on est sûr à l'avance que ce jour n'a pas de lendemain; cela ne trouble pas la tranquillité publique.

Aussitôt qu'on fut arrivé à considérer le théâtre comme une pure spéculation de lucre, les entrepreneurs de spectacles de Paris se regardèrent comme des ennemis, et le monopole s'érigea en droit. *Tu me prends mon public* fut le cri général des directeurs les uns contre les autres, avec tout autant de justice que le cri des auteurs pouvait être : *tu me prends mon idée*; dans la supposition qu'il pût y avoir une idée dans la pièce et du public dans les salles. Alors on vit les grands théâtres, les théâtres à subvention, les théâtres gros mangeurs, les théâtres aristocrates réclamer le droit d'exploiter exclusivement un genre. L'Académie royale de musique ne permit les ronds de jambes sur les théâtres secondaires que moyennant rétribution; l'Opéra-Comique fit défendre les airs nouveaux partout ailleurs que dans son temple de la rue Feydeau; le Théâtre-Français exigea que les autres théâtres ne pussent jouer aucun ouvrage en trois actes qu'il ne fût entre-mêlé de musique, et qu'il ne portât le titre de mélodrame;

et, par ricochet, les théâtres de mélodrames regardèrent comme une justice de forcer le Cirque Olympique et *les théâtres à quatre sous* à n'avoir jamais plus de deux personnages parlans dans la même scène. D'un autre côté, entre les théâtres spéculant sur le même genre, concurrence à mort.—Soit.

Malheureusement, dans cette lutte, les directeurs disparaissent et les directions demeurent ; les hommes se succèdent dans ces sortes de spéculations, apportant tous la même idée, et subissant tous le même sort.

Toutes les prétentions des différens théâtres satisfaites, et la prospérité n'en surgissant pas, les directeurs accusèrent les comédiens de société. Alors l'autorité, toujours complaisante pour les choses inutiles, intima l'ordre d'empêcher M. Doyen, menuisier rue Transnonain, de jouer la tragédie et la comédie, de représenter Mahomet, Tartufe où Hariadan-Barberousse, dans son bouge de dix pieds carrés ; la petite salle de la rue Chantereine fut muette des voix glapissantes qui s'y faisaient entendre ; les citoyens n'eurent plus la liberté de se divertir à leur gré et de jouer au théâtre, comme les enfans jouent à la chapelle ; enfin, malgré cet arbitraire, qu'on exerçait, sans qu'on se donnât seulement la peine de faire valoir les considérations morales qui se présentaient en si grand nombre, le monopole et la concurrence des théâtres légalement autorisés ne les rendaient pas plus prospères ; car si l'on en excepte le *théâtre de Madame,* où les *pervertissemens* étaient un peu mieux combinés qu'ailleurs, grâce à une protection spéciale, nulle autre entreprise du même genre n'atteignait le même but, comme bénéfice s'entend.

Nous avons vu le Pouvoir exercer ses droits de voirie, de salubrité et de précaution vis-à-vis des théâtres, sans qu'il songeât jamais à protéger les citoyens contre l'infection morale qui pouvait en résulter, et instituant la censure pour rayer les seules allusions politiques; nous avons vu le théâtre, avoir pendant quinze ans tout l'attrait d'un mauvais livre, et pouvoir être assimilé aux *liaisons dangereuses*, quand ce n'était pas pis encore; nous avons montré comment pour cette œuvre de désordre, le monopole accordé aux directeurs produisit de la part de ceux-ci le monopole des auteurs, comment enfin l'injustice n'enfanta que le mal. Or le fait provenant du Pouvoir, était une chose blâmable à sa naissance par la violation du droit commun; le fait provenant des directeurs lui donna une importance autrement grave : le public, regardé sans pudeur comme un domaine à exploiter, comme une vache à traire tous les soirs, ne reçut, en échange de l'argent que dans son besoin d'impressions il apportait chaque jour, qu'un enseignement fatal tendant à prolonger la corruption des mœurs. Le monopole et la concurrence n'eurent à lui offrir pendant quinze ans que le tableau de l'adultère, atiffé, mignardé, marivaudé, paré, coquet, gracieux, spirituel, vif, sémillant, dans le sujet, dans les détails, à tous les étages de la société, depuis le prince jusqu'au chiffonnier; heureux quand, pour changer, on lui présentait le spectacle d'une maladie physique, d'une pulmonie, d'une lèpre ou d'une cataracte; car alors pendant six mois les maux du corps empêchaient au moins ceux de l'esprit. Le théâtre de M. Comte, destiné aux enfans, avait aussi ses infirmités morales et physiques, de sorte qu'il y avait, heureux temps ! préparation pour l'enfance, encouragement pour la jeunesse, et stimulation pour l'âge mûr : adultère en germe, adultère en fleurs, adultère en fruits, avec accompagnemens analogues pour chaque degré de progressions, et le tout en serre chaude : voilà ce que produisait la restauration.

Ce fut dans cet état moral que la révolution de 1830 surprit le théâtre. Le premier coup de canon lui fut terrible, et deux ans se sont écoulés sans qu'il pût, si l'on en excepte l'Opéra, qui est un spectacle de luxe, se remettre de la nouvelle concurrence qu'il dut supporter. Le drame se joua dans la rue; le peuple fut directeur, acteur, auteur, et cette pièce qui dura trois jours, sublime au premier acte, ne s'est pas démentie au dénouement. Quel intérêt peut-on trouver encore aujourd'hui dans les jeux de la scène? Qu'a-t-on fait pour ramener dans les salles désertes un public blasé dont l'esprit est sérieux aujourd'hui ? C'est en vain qu'on lui propose des billets au rabais; les vieux directeurs, les vieux auteurs, les vieilles idées sont les mêmes, rien n'est changé; il le sent, et le monopole et la concurrence continuent leurs ravages. Si les grandes affiches, comme la montagne en travail, ne lui offrent aucun attrait, aucune sympathie avec ce qui lui tient au cœur, le dégoût remplaçant l'indifférence, on perd un des moyens les plus puissans de moralisation et d'enseignement.

Comment ne pas voir que le théâtre est aujour-d'hui à son époque de protestantisme, et qu'on attend le Luther? Comment ne pas sentir que les masses en savent plus que les monopolistes, et que la ligue établie entre eux est leur coup de grâce, parce qu'ils n'ont de vie que par la concurrence, que par l'exploitation des mêmes petites idées? Comment s'obstiner à pervertir par des *briguedondaine*, par des *flonflons*, par des *gai, gai*, un public qui attend un avenir, qui ne marche que sur des ruines, qui demande non pas des jeux, mais du pain, oui ce pain moral qui doit le soutenir dans une route pénible? Les idées nouvelles ne viendront que des hommes nouveaux. Nous en sommes sûrs à présent; car les monopolistes sont épuisés, car au point de vue social leur tête est vide et leur cœur flasque, car ils sont trop avides d'argent pour cesser d'en gagner, et pour ne pas en gagner avec les idées d'avenir si elles pouvaient germer dans leur esprit. Après avoir retourné de tous les côtés le vieil habit de Marivaux et de Collé, après avoir pris sans pudeur aux morts et aux vivans tout ce qu'on pouvait leur prendre, on en est venu à recommencer la même histoire, sur un air nouveau... Mais savez-vous qu'il est infâme le métier que vous faites! Savez-vous que c'est un crime d'arrêter ainsi la société dans la fange où vous l'avez placée? cette foule a besoin de spectacles, et la position que vous occupez, que vous défendez comme une forteresse, dont vous ne laissez approcher personne qui n'ait avec vous une analogie complète, cette place, d'autres la transformeraient en chaire peut-être. Auteurs!

vous avez un monopole ; directeurs! vous avez un monopole; quel compte pouvez-vous en rendre à la société à laquelle vous vous adressez, sur l'argent de qui vous spéculez? Répondez! qu'avez-vous fait pour elle depuis quinze ans que vous vivez? que faites-vous pour elle aujourd'hui qu'elle a besoin d'avis et d'encouragemens dans la voie du progrès? Direz-vous que vous l'amusez? on le nie : Deburau seul peut soutenir cette prétention. Direz-vous que vous l'intéressez? à quoi donc? à elle-même? mais voilà le mal; mais c'est ainsi que vous prolongez le malaise moral et physique dans lequel elle est plongée; mais il faut l'unir dans des idées communes, pour un même but; mais il faut lui inspirer le désir de se dévouer; mais il faut détruire cette tendance naturelle à l'individualisme, et flétrir quiconque se préfère à tous et ne voit que soi dans la vie. Pour produire ce bien, ce noble sacerdoce, il est vrai qu'il est nécessaire de joindre l'exemple au précepte, d'envisager un peu plus sérieusement la foule qui se presse pour écouter, de calculer la valeur des pensées et des mots: et voilà de quoi vous êtes incapables; car, élevés au rire par le scepticisme religieux et politique, vous calculez que la vertu ne peut rapporter plus ni même autant que le vice, et que l'exploitation de l'un est plus facile que celle de l'autre. Vous riez de tout et de vous-mêmes; vous n'avez d'idées arrêtées sur rien, si ce n'est sur le produit du mal ; vous venez dire aujourd'hui au public :

> « Gai, gai, ne mourez pas,
> » Pour que vivent nos recettes ».

C'est toujours là le refrain moral de toutes nos pièces, et vous lui défendez de se tuer par cela seul que vous n'avez pas d'intérêt à sa mort ; dans le cas contraire le couplet final de vos vaudevilles, tant le gain est en définitive toute votre logique depuis quinze ans, subirait cette simple variante :

« Gai , gai , ne vivez pas ,
» Pour que vivent nos recettes. »

Et chacun de vous de crier à l'esprit, à la pointe , au trait, à la chute ! Mais vous savez ce qu'Alceste dit en pareil cas.

Quant à vous, hommes du pouvoir, ignorez-vous, ou voulez-vous feindre d'ignorer qu'il n'en est pas d'un théâtre comme d'un café, où la foule entre ou n'entre pas ? Rien n'est indifférent à cet égard. Si elle s'y presse, il doit vous importer, à vous, éducateurs en chef de la société, que la morale publique n'y soit pas blessée ; si au contraire elle ne s'y presse pas, les facultés n'étant pas exercées ni satisfaites dans une direction utile et de progression, elle court le risque de s'égarer dans d'autres voies. C'est ainsi qu'il a été reconnu que les jours où tous les théâtres font *relâche* deviennent funestes par l'inoccupation d'esprit d'une portion de la population parisienne, à qui les spectacles sont l'équivalent des objets de première nécessité. Or, vous est-il arrivé de fouiller dans l'arsenal de vos ordonnances, pour sévir contre les entrepreneurs de spectacles au nom de la morale publique ? Vous avez empêché la représentation de quelques ouvrages, et vous avez permis celle des cinq cents autres qui en étaient, au point de vue du but social, dans la position de Bartholo au point de vue de la probité (1). Mais le bien qui ne se fait pas est déjà un grand mal ; et en laissant ceux que vous avez favorisés d'un monopole l'exercer comme ils l'entendent, vous devenez leurs complices. Coupables d'abord d'accorder un privilége qui ne doit pas tourner au profit des masses, ou parce que vous l'accordez sans conditions avantageuses à la morale, vous continuez de l'être en souffrant que des représentations inutiles, sinon corruptrices, occupent un temps qui pourrait être consacré à des représentations utiles et moralisantes. Les choses sont ainsi organisées dans les théâtres, que rien ne s'y fait que par le bon plaisir d'un homme. Nous voyons, par ce qu'on nous donne, quelle est la valeur sociale des monopolistes, directeurs et fabricans de pièces; mais connaissons-nous les auteurs qu'on repousse et les pièces qu'on refuse? Y a-t-il un tribunal d'appel où le bon sens et le bon goût, et surtout la morale publique soient vengés ; où les gens bien intentionnés puissent faire valoir leurs motifs et se plaindre des injustices auxquelles ils sont en butte?

Hommes de pouvoir, qu'avez-vous fait pour que l'art ne s'avilît pas et ne fût point absolument regardé comme un moyen de lucre ? Qu'avez-vous fait pour assurer, dans cette voie d'enseignement

----

(1)

LE COMTE.

Sa probité ?

FIGARO.

Tout juste autant qu'il en faut pour n'être pas pendu.

public, le droit de s'y faire entendre à tout individu qui a une idée dans la tête et un sentiment dans le cœur ? Avez-vous institué des juges pour le fonds et pour la forme des pièces ? Non : tout est laissé à l'arbitraire d'un directeur. Qu'on ne vienne pas nous dire : Une entreprise théâtrale est une spéculation commerciale et particulière, une boutique où l'on peut vendre telle ou telle marchandise, le public étant parfaitement libre d'acheter ou de ne pas acheter. Mais alors, pourquoi n'est-il pas permis à chacun d'ouvrir sa boutique ? Mais alors pourquoi la prohibition contre telle ou telle marchandise ? Vous avez le droit d'empêcher la représentation d'une pièce, et vous n'intervenez pas lorsqu'il y a péril et corruption ! Vous voulez donc suivre le système adopté sous la restauration, avec un degré de plus, le mercantilisme ignoble qui vient anéantir chaque jour toute tendance au dévouement, au but commun ? Mais il est infâme aussi le métier que vous faites ! Et c'est vous seuls qu'on doit accuser du malaise social ! Sans le monopole des théâtres, il existerait une concurrence non pas seulement pour produire le mal ; et quoique au point de vue d'économie politique nous n'approuvions pas le système de la concurrence, il y aurait au moins égalité d'efforts entre les bons et les mauvais, les sages et les pervers, et vous pourriez rester neutres, indifférens, puisque vous renoncez à la direction morale de la France. Alors de la lutte on verrait bientôt surgir, nous n'en doutons pas, d'immenses avantages intellectuels et une propagation de principes favorables aux progrès et à l'avenir de la France. Ainsi, ce que nous avons dit des directeurs de théâtres, nous pouvons l'appliquer avec plus de justice encore, à vous, directeurs de la société; eunuques, vous ne faites rien, et vous nuisez à qui veut faire.

N'allez-pas vous retrancher derrière le mot de CENSURE, et dire que tout ce qu'on entreprendrait dans une direction de réforme à l'égard du théâtre serait regardé comme le rétablissement de la censure à jamais prohibée par la charte de 1830. La censure! nous savons que vous trouvez toujours le moyen de l'exercer contre tout ce qui a trait à votre politique, à vos personnes et à vos sympathies ? N'at-on pas des faits à vous citer comme preuves ?.... Ah ! Si vous ne deviez vous en servir que dans l'intérêt de la morale publique, que dans le but du progrès intellectuel, on vous l'accorderait volontiers cette censure protectrice ; mais selon qu'on apprend à connaître les hommes, on agit avec eux. Pour vous, avec le monopole, il ne vous faut que les moyens que vous employez, c'est-à-dire la censure clandestine et la concurrence dans la voie de corruption que les théâtres suivent à l'envi, comme pour faciliter le maniement de l'opinion publique en écartant avec soin des masses, tout ce qui pourrait les homogénéiser dans une grande pensée.

Nous avons, comme on le voit, signalé les causes de la décadence actuelle du théâtre et de son inutilité passagère, dans le but de faire comprendre la nécessité de le rendre à sa véritable fonction. Le besoin d'impressions conduit toujours la foule partout où on l'appelle, il faut donc que cette tendance ne soit pas sans fruits pour son avenir. C'est, d'après ces considérations qu'il serait utile de créer, contre les exploitans, une ligue qui, vu leur petit nombre et la faiblesse de leurs armes, ne tarderait pas à triompher, et à faire marcher les auteurs dans une direction toute sociale; c'est à ce résultat que doivent tendre les efforts de tous les hommes de bien.